ASILE PUBLIC D'ALIÉNES

DE MONTDEVERGUES

RAPPORT MÉDICAL 1878

(Extrait du compte-rendu des séances du Conseil général).

AVIGNON

IMPRIMERIE ADMINISTRATIVE DE SEGUIN FRÈRES

13. RUE BOUQUERIE. 13

1879

ASILE PUBLIC D'ALIÉNÉS

DE MONTDEVERGUES

RAPPORT MÉDICAL 1878

(Extrait du compte-rendu des séances du Conseil général).

AVIGNON

IMPRIMERIE ADMINISTRATIVE DE SEGUIN FRÈRES

13. RUE BOUQUERIE. 13

1879

ASILE PUBLIC D'ALIÉNÉS

DE MONTDEVERGUES

Rapport médical 1878

Montdevergues, le 28 mai 1879.

Monsieur le Préfet,

Pour me conformer aux prescriptions de l'article 65 du règlement officiel des asiles des aliénés, j'ai l'honneur de soumettre à votre appréciation quelques considérations sur les faits les plus importants observés dans le service médical de Montdevergues, ainsi que sur les données statistiques recueillies dans cet établissement pendant l'année 1878.

Le mouvement de la population qui doit me servir de point de départ et qui comprend les admissions, les sorties et les décès se trouve indiqué dans le tableau suivant :

(Suit le tableau).

MOUVEMENT de la POPULATION A MONTDEVERGUES en 1878	PENSIONNAIRES			RÉGIME COMMUN			TOTAL GÉNÉRAL		
	Hommes	Femmes	Deux sexes	Hommes	Femmes	Deux sexes	Hommes	Femmes	Deux sexes
Aliénés existant au 1er janvier 1878	70	53	123	509	433	942	579	486	1065
Aliénés admis dans l'année	26	27	53	99	94	193	125	121	246
Total des existants et des admis	96	80	176	608	527	1135	704	607	1311
Passage des pensionnaires aux indigents	—4	—1	—5	+4	+1	+5			
Total définitif des existants et des admis	92	79	171	612	528	1140	704	607	1311
Aliénés sortis en 1878	13	20	33	34	37	71	47	57	104
Aliénés décédés	13	3	16	46	40	86	59	43	102
Total de aliénés sortis ou décédés	26	23	49	80	77	157	106	100	206
Aliénés restant le 31 décembre au soir	66	56	122	532	451	983	598	507	1105
Différences numériques entre la population du 1er janvier et celle du 31 décembre	—4	+3	—1	+23	+18	+41	+19	+21	+40
Nombre des journées de présence	21319	13044	34363	194909	170670	365579	216228	183714	399942
Population moyenne	58	36	94	534	467	1001	592	503	1095

Ainsi, nous avons eu, en 1878, une augmentation de 40 malades. C'est l'augmentation ordinaire que nous constatons depuis plusieurs années, et qui provient du nombre des admissions toujours supérieur à celui des extinctions, soit pour cause de sortie, soit pour cause de décès. Les raisons d'être de ces particularités ont été l'objet, dans mes précédents rapports, d'une étude spéciale qui me dispense aujourd'hui de revenir sur cette question.

La population de Montdevergues, classée par départements, donne lieu au tableau suivant :

POPULATION PAR DÉPARTEMENTS		ALIÉNÉS existant au 1er janvier			ALIÉNÉS admis dans l'année			ALIÉNÉS Sortis			ALIÉNÉS Décédés			ALIÉNÉS restant le 31 décembre au soir		
		H	F	DS	H	F	DS	H	F	DS	H	F	DS	H	F	DS
Vaucluse. ...	Pensionnaires..	19	9	28	10	8	18	5	4	9	3	2	5	16	11	27
	Indigents	179	188	367	37	36	73	8	18	26	19	15	34	191	191	382
	Totaux.........	198	197	395	47	44	91	13	22	35	22	17	39	207	202	409
Gard	Pensionnaires..	29	21	50	6	13	19	4	8	12	4	1	5	27	24	51
	Indigents	186	118	304	39	34	73	12	9	21	18	9	27	194	135	329
	Totaux.........	215	139	354	45	47	92	16	17	33	22	10	32	221	159	380
Basses-Alpes .	Pensionnaires..	3	1	4	»	2	2	»	1	1	»	»	»	3	2	5
	Indigents... ...	68	55	123	7	9	16	1	3	4	5	6	11	69	55	124
	Totaux...	71	56	127	7	11	18	1	4	5	5	6	11	72	57	129
Départements divers.....	Pensionnaires..	23	22	45	10	4	14	4	7	11	6	»	6	20	19	39
	Indigents	76	72	148	16	15	31	13	7	20	4	10	14	78	70	148
	Totaux........	99	94	193	26	19	45	17	14	31	10	10	20	98	89	187

NOTA. — Les chiffres des diverses colonnes concernant le même département ne concordent pas toujours entre eux ; mais les différences proviennent du déclassement de quelques malades qui, dans le courant de l'année, sont passés des pensionnaires aux indigents, ou qui ont été mis à la charge d'un autre département.

Par conséquent nous remarquons entre le commencement et la fin de l'année dernière, une différence de 18 malades en plus pour Vaucluse, de 26 pour le Gard et de 2 pour les Basses-Alpes, tandis que la partie de notre population appartenant aux départements divers comprend six malades en moins.

Les tableaux que je vais avoir l'honneur, Monsieur le Préfet, de placer sous vos yeux, sont relatifs au mode de placement des malades, à l'âge qu'ils avaient au moment de leur admission, à leur état civil, au degré de leur instruction, à leur profession, au mois de leur entrée dans l'établissement, à la durée antérieure de leur délire, aux causes qui l'ont produit, à la forme, aux circonstances aggravatives, au degré de curabilité de leur maladie, etc.

NOMBRE proportionnel des âges dans la population normale	INDICATION des AGES DES ALIÉNÉS ADMIS	Hommes	Femmes	Deux sexes	PROPORTION sur CENT	PROPORTION moyenne annuelle de 1873 à 1877
27,0	Au-desssous de 15 ans.	2	0	2	0,8	1,2
8,4	De 15 à 20 ans.......	6	8	14	5,6	4,9
8,7	De 20 à 25 ans.......	0	12	22	8,9	9,6
7,2	De 25 à 30 ans.......	10	13	23	9,0	12,1
7,0	De 30 à 35 ans.......	21	12	33	13,4	12,8
6,8	De 35 à 40 ans... ...	18	16	34	13,8	13,0
13,5	De 40 à 50 ans.......	25	22	47	18,6	22,0
10,4	De 50 à 60 ans......	12	22	34	13,8	13,4
7,2	De 60 à 70 ans.	10	12	22	8,9	6,5
4,3	De 70 ans et au dessus.	11	4	15	6,0	3,8
	Totaux.......	125	121	246		

A l'âge de 20 ans, les troubles du moral, jusqu'alors tres-exceptionnels, commencent à se montrer et deviennent en-suite de plus en plus nombreux. Ils diminuent à partir de l'âge de 50 ans. Je remarque, en passant, que les cas de folie observés chez les vieillards ayant dépassé leur 60e année, ont été plus fréquents, en 1878, que pendant la période quinquennale précédente. La différence est d'un tiers en plus.

ÉTAT CIVIL	Hommes	Femmes	Deux sexes	PROPORTION sur cent	PROPORTION de la population normale en France
Mariés.................	49	54	103	41,8	57,6
Célibataires.	67	43	110	44,7	30,3
Veufs ou veuves..........	8	23	34	12,6	11,6
État civil inconnu...... ..	1	1	2	0,8	»
Totaux.......	125	121	246		

Le célibat et le veuvage sont donc les états civils qui fournissent aux maisons de santé les plus forts contingents.

DEGRÉ DE L'INSTRUCTION	Hommes	Femmes	Deux sexes	PROPORTION sur cent	PROPORTION dans la population normale en France
Lire et écrire.............	80	59	139	56,5	»
Instruction plus élevée . ..	8	5	13	5,2	»
Instruction nulle..........	36	57	93	37,8	30 p. 0/0
Instruction inconnue.......	7	»	1	0,4	»
Totaux..	125	121	246		

Quant on pense aux nombreux faibles d'esprit ou idiots
qui nous sont envoyés, on ne s'étonne plus que la proportion des illettrés s'élève à 37,8 pour cent.

	Hommes	Femmes	Deux sexes	NOMBRE proportionnel
Professions libérales..............	1	1	2	0,8
Militaires et marins.	3	»	3	1,4
Rentiers et propriétaires...............	10	21	31	12,6
Professions industrielles et commerciales	11	6	17	6,9
Professions manuelles ou mécaniques....	24	33	57	21,1
Professions agricoles...	51	43	94	37,9
Gens à gages.....	4	7	11	4,4
Filles publiques.	»	»	»	»
Autres professions................. ...	18	3	21	8,5
Sans profession.......	2	6	8	3,2
Professions inconnues....	1	1	2	0,8
Totaux....	125	121	246	

A Montdevergues, nous avons surtout une population
agricole : les professions mécaniques sont relativement rares. C'est du Gard que nous recevons la très-grande partie
des aliénés ayant une profession manuelle ou mécanique.
Le département des Basses-Alpes ne fournit guère que des
cultivateurs.

	DÉSIGNATION DES CAUSES PRÉSUMÉES DE L'ALIÉNATION MENTALE DES MALADES ADMIS EN 1878	Hommes	Femmes	Deux sexes	NOMBRE proportionnel
CAUSES PRÉDISPOSANTES HÉRÉDITÉ	Individus issus d'un père atteint d'aliénation................	27	34	61	38,1
	Individus issus d'une mère atteinte d'aliénation................	12	20	32	20,»
	Individus issus d'un père et d'une mère atteints d'aliénation...........	9	3	12	7,5
	Individus issus d'un père et d'une mère non atteints d'aliénation........	27	28	55	31,1
	Individus issus de parents sur lesquels on n'a pas eu de renseignements....	50	36	86	
	Totaux........	125	121	246	
CAUSES DÉTERMINANTES 1º CAUSES PHYSIQUES	Effets de l'âge (démence sénile).......	10	9	19	7,7
	Dénument et misère	»	2	2	0,8
	Onanisme et abus vénériens	7	»	7	2,8
	Abus de mercure....	»	»	»	
	Excès alcooliques...	21	1	22	8,9
	Vice congénital....	11	9	20	8,0
	Maladies propres à la femme... .. .	»	13	13	5,2
	Passage de l'enfance à la puberté	»	»	»	»
	Épilepsie	12	7	19	7,7
	Autres maladies du système nerveux..	4	14	18	7,3
	Coups, chutes, blessures..	1	0	1	0,4
	Pellagre..	»	»	»	»
	Maladies diverses	4	1	5	
	Autres causes physiques..	5	2	7	2,0
	A Reporter....	75	58	133	

	H	F	D. S	NOMBRE proportionnel
Report.....	75	58	133	
Excès de travail intellectuel	1	1	2	0,8
Chagrins domestiques	11	20	31	12,6
Chagrins résultant de la perte de la fortune..	4	2	6	2,4
Chagrins résultant de la perte d'une personne chère	1	5	6	2,4
Chagrins résultant de l'ambition déçue.	»	»	»	»
Remords	»	»	»	»
Frayeur, saisissement..	3	4	7	2,8
Colère.	»	»	»	»
Joie.	»	»	»	»
Pudeur blessée...	»	»	»	»
Amour.	2	3	5	2,0
Jalousie.... . . . . , ...	»	1	1	0,4
Orgueil	»	»	»	»
Évènements politiques	»	»	»	»
Passage subit d'une vie active à une vie inactive et vice-versa	»	»	»	»
Isolement et solitude.	»	»	»	
Emprisonnement simple.	1	»	1	0,4
Id. cellulaire.	»	»	»	»
Nostalgie..	»	»	»	»
Sentiments religieux poussés à l'excès	1	7	8	3,2
Autres causes morales.	9	5	14	5,6
3° CAUSES INCONNUES.	17	15	32	13,0
Totaux.....	125	121	246	

CAUSES DÉTERMINANTES — 2° CAUSES PHYSIQUES

L'hérédité d'une part et d'autre part, les excès alcooliques, les maladies ordinaires congénitales ou acquises du système nerveux, et les chagrins domestiques sont donc les causes les plus fréquentes de la folie.

DURÉE DE LA MALADIE AU MOMENT DE L'ENTRÉE DANS L'ÉTABLISSEMENT	Hommes	Femmes	Deux sexes	NOMBRE proportionnel
Un mois et au-dessous.	10	8	18	7,3
Un mois à six mois	31	33	64	26,0
Dix mois à un an................	11	17	28	11,3
Un an à deux ans............... ...	30	14	44	17,1
Deux ans et au-dessus...........	24	43	67	27,2
Depuis la naissance..................	9	2	11	4,7
Époque indéterminée { peu éloignée.....	2	»	2	0,8
{ très-éloignée.....	8	4	12	4,8
Époque inconnue......	»	»	»	»
Totaux..........	125	121	246	

On peut voir, par ces chiffres, que les séquestrations s'opèrent trop tardivement : à force de temporiser, les familles de nos malades ne nous les adressent ordinairement que lorsqu'ils sont devenus, par suite des progrès du mal, incurables et dangereux.

CARACTÈRE DE LA MALADIE	Hommes	Femmes	Deux sexes	NOMBRE proportionnel
Monomanie................	»	»	»	»
Lypémanie.................	12	29	41	16,6
Manie.............................	48	53	101	41,0
Démence	58	37	95	38,6
Idiotie........................ ..	7	2	9	3,6
Totaux..........	125	121	246	

Les monomanies à délire très-circonscrit sont excessive-
ment rares. Au contraire, les autres espèces de folie sont
très-fréquentes, et chacune d'elles offre des variétés nom-
breuses que je ne mentionne pas, car elles n'ont qu'un intérêt purement scientifique.

	CIRCONSTANCES AGGRAVATIVES DE LA MALADIE	Hommes	Femmes	Deux sexes	NOMBRE proportionnel
Individus dont la maladie était compliquée de	Paralysie générale............	32	6	38	15,4
	Épilepsie................. ...	12	6	18	7,3
	Surdi-mutité	»	»	»	»
	Scrofules.....	»	2	2	0,8
	Goître	»	13	13	52,»
	Folies simples................	81	94	175	71,1
	Totaux....... ..	125	121	246	

La paralysie générale est la complication la plus redoutable que nous ayons ; elle est toujours ou presque toujours incurable Les épileptiques aliénés vivent plus longtemps que les paralytiques, mais ils sont également incurables.

PRONOSTIC DE LA MALADIE	Hommes	Femmes	Deux sexes	NOMBRE. proportionnel
Aliénés présumés curables.............	37	42	79	32,1
Id · incurables	88	79	167	67,8
Totaux........	125	121	246	

J'ai classé, parmi les curables, tous les aliénés qui offraient, au moment de leur entrée dans l'établissement, quelques chances (faibles ou sérieuses) de guérison, et cependant, malgré la méthode un peu optimiste dont je me suis servi, je constate que les 2/3 des malades entrants sont incurables : quelques-uns d'entre eux auraient certainement recouvré leur raison s'ils avaient été soumis plutôt à un traitement spécial.

De l'examen de tous ces tableaux il résulte que nos malades présentent les plus grandes dissemblances. En effet, la diversité se montre partout dans cette collection de personnes de tout âge, de toute position sociale, appartenant à toutes les professions, ayant reçu un degré d'instruction plus ou moins élevé et subissant les conséquences malheureuses soit des transmissions pathologiques héréditaires, soit des conditions physiques et morales où elles ont longtemps vécu. Sous l'influence de ces transmissions ou de ces conditions, et malgré les différences de tempérament, de constitution, de caractère, d'habitudes, de manières d'être, etc., toutes ces personnes ont fini par perdre l'usage de leurs facultés. Mais ici encore quelle variété, quelle ri-

chesse de types ! Toutes les classes, toutes les espèces, toutes
les nuances de la psychologie morbide y sont représentées
sans compter qu'à la faveur de cette multiplicité de formes
délirantes se sont accomplis des actes insensés si nombreux
et si différents les uns des autres qu'on est porté à se de-
mander comment la même mesure, la séquestration, a pu
être rationnellement appliquée à tant d'individualités et de
modalités pathologiques distinctes.

C'est qu'au milieu de cette foule de particularités norma-
les et anormales, il y a des faits communs et en même
temps prépondérants qui les relient les unes aux autres et
en font un faisceau, un tout homogène, sans lequel le même
moyen de traitement n'eût pas été possible. Ces faits communs, constituant les analogies offertes par nos malades,
s'imposent par leur nombre et plus encore par leur impor-
tance à l'attention du médecin. Aussi me paraissent-ils mé-
riter, Monsieur le Préfet, quelques développements.

Et d'abord tous ces aliénés, reconnus pour tels avant et
après leur entrée dans l'établissement, ont été, par cela
même, déclarés irresponsables comme ne jouissant plus de
la plénitude de leur libre arbitre. Quelle que soit notre manière d'envisager la question du libre arbitre au point de
vue philosophique, nous ne pouvons pas nous dispenser,
sur le terrain de la pratique, de voir dans cette question
l'expression d'un fait psychologique primordial ayant pour
sanction la responsabilité morale et légale, servant de base
à toutes les législations et assurant le fonctionnement de
toutes les sociétés. Or, tous nos malades avaient été privés,
par une maladie cérébrale, de la possibilité de se détermi-
ner librement : entraînés par le délire ils s'étaient portés à
des actes instinctifs ou impulsifs nuisibles à leurs semblables.

Il n'y a pas d'aliénation mentale qui laisse absolument
intacte la conscience, ce sentiment intime qui nous avertit
de ce qui se passe dans nos facultés en activité. Les folies
avec conscience existent cependant, mais elles sont si rares
que nous n'en avons vu, parmi les admissions de 1878, que
deux exemples. En outre, dans ces cas exceptionnels, la
conservation de ce sentiment est toute relative : il y a tou-

jours une zone plus ou moins grande où la lumière inté-
rieure de l'esprit ne pénètre pas. Les aliénés connais-
sent fort bien l'état psychique de leurs compagnons d'infortune, tandis qu'ils se trouvent dans l'impossibilité de se
rendre un compte exact de leur propre situation. Une pareille privation est un véritable bienfait de la nature qui
cache ainsi aux regards du malade l'étendue du malheur
qui le frappe.

L'esprit de famille, ce grand ressort de la machine hu-
maine n'existe pas non plus chez nos malades. Il exige
un degré d'abnégation dont l'aliéné n'est pas capable. Ce
dernier ne sait jamais s'oublier au point de sacrifier ses
convictions folles au bien-être et encore moins à la satisfaction de ses parents. Il est avant tout et par-dessus tout
essentiellement égoïste quand son délire est en cause. Im-
prévoyant, égaré par les écarts de son imagination, insou-
ciant pour les autres autant que pour lui-même, insensible
aux joies comme aux douleurs de la famille, il vit dans un
monde à part que lui créent ses hallucinations ou ses sensations maladives. Comment pourrait-il, dans une pareille
situation s'intéresser aux siens et leur apporter le concours
de la sollicitude éclairée, bienfaisante, dévouée que les lois
de notre nature réclament ?

Quant aux sentiments affectifs, il est parfaitement reconnu
que la folie les altère de plusieurs manières, et lorsque,
très-exceptionnellement, ils paraissent intacts, ces sentiments restent inefficaces, n'étant pas soutenus, dans leur
mode d'action, par les autres facultés qui, troublées elles-
mêmes, ne peuvent pas leur venir en aide. C'est à cette al-
tération que j'attribue en grande partie, Monsieur le Préfet,
l'incapacité de l'aliéné pour la vie de famille. Le relevé de
l'état des sentiments affectifs chez les malades admis en 1878,
m'a fourni les chiffres suivants :

(Suit le tableau).

2

	Hommes	Femmes	Deux sexes
Sentiments affectifs nuls	36	25	61
Id. affaiblis.........	41	39	80
Id. exagérés.........	»	4	1
Id. pervertis.........	10	48	88
Id. normaux........	8	5	13
Totaux..... ..	125	121	246

L'esprit d'association manque également à nos malades. Le vieux proverbe : « chacun pour soi » est surtout vrai en parlant de ces infortunés, qui s'isolent les uns des autres et ne cherchent jamais a réunir leurs forces, leurs ressources dans un but utile à leurs intérêts ou à leurs idées. Vivant dans un cercle restreint d'idées, de sentiments, de projets délirants qui attirent ou plutôt qui enchaînent leur attention, ils ne trouvent aucun attrait à la vie ordinaire : aussi reviennent-ils avec satisfaction à leur solitude, à leurs rêveries, quand on est parvenu à les en faire sortir momentanément. D'ailleurs, il est fort heureux que les aliénés soient ainsi organisés, car s'ils pouvaient s'associer pour donner satisfaction à leurs conceptions insensées, ils deviendraient non-seulement impossibles à garder, mais encore essentiellement dangereux. Sans doute, on voit parfois dans les asiles, lorsque deux aliénés se battent, qu'un ou deux autres aliénés se mêlent à la rixe, mais presque toujours ces derniers interviennent d'une manière plus ou moins inconsciente, attirés qu'ils sont par le bruit comme e papillon par la lumière : dans ce cas, il n'y a pas d'association proprement dite. Non. le penchant naturel de l'association n'existe pas chez l'aliéné ; j'ai vainement cherché dans nos admissions de l'année dernière une exception à cette règle.

Le sentiment patriotique sommeille dans les esprits troublés. Indifférents pour leurs affaires personnelles, ils sont à plus forte raison, peu disposés à s'intéresser aux affaires publiques. Il en est de même du sentiment du bien et du mal, du juste et de l'injuste, du droit et du devoir. Les notions relatives à ces pouvoirs élémentaires de notre moral, les aliénés ne les possèdent pas, ou, les possédant, ils les altèrent, les modifient et les subordonnent constamment à leurs idées folles. Ainsi dépouillées de leur indépendance, ces notions ne servent qu'à justifier, aux yeux de l'aliéné, la légitimité des opinions, des entreprises conçues par son imagination dévoyée.

A son tour, le sentiment religieux ne résiste guère à l'influence de la folie, qui l'affaiblit, l'exagère, le transforme ou le dénature considérablement, selon les caractères, l'espèce et la période du mal.

Une autre singularité inhérente à la folie, est celle qui a trait à l'absence d'esprit de conduite. Les aliénés ne savent pas se diriger eux-mêmes : ils ont tous besoin d'une sorte de tutelle active et prévoyante qui vienne suppléer à l'insuffisance de leurs propres ressources psychiques, ou qui, en mettant un frein à leur imagination pleine de fantaisies, les empêche de se porter à des actes répréhensibles.

Classés par catégories d'après le genre d'activité mentale, nos admissions de 1878 donnent lieu aux chiffres suivants :

	Hommes	Femmes	Deux sexes
Aliénés apathiques....	74	57	131
Aliénés agités.................	41	52	93
Aliénés doués d'une activité physique régulière..........................	10	12	22
Totaux........	125	121	246

Si le malade est apathique, sans initiative aucune, sans désirs, il ne prend jamais une part active aux affaires, aux difficultés, à la prospérité de sa maison ; il est, au contraire, une non-valeur gênante, onéreuse et décourageante. S'il conserve son activité et sa spontanéité, il les consacre à ses utopies, à ses passions anormales, à ses conceptions chimériques : il néglige tout ce qui est bien, perd ou compromet sa fortune et devient, dans son intérieur, une source permanente de chagrins et de souffrances. Enfin, si son activité est complètement déréglée, il crie, déchire, frappe et s'agite de telle façon que ses parents, malgré l'affection la plus vive, la plus dévouée, se trouvent dans l'impossibilité de le soigner. Je n'ai pas besoin d'ajouter que, ne pouvant pas rester tranquillement chez eux, la plupart de ces malades vont vagabonder et répandre partout, au grand détriment de la société, le trop plein de forces nerveuses qui les tourmente.

Toutes les fois que j'ai pu avoir des renseignements sur nos malades entrés en 1878, j'ai constaté que chez eux ils étaient fantasques, bizarres et tellement indociles qu'on ne pouvait pas les gouverner. Les moyens de persuasion, les reproches, les corrections même avaient été employées sans le moindre succès. C'est que l'aliéné dans sa famille n'obéit à personne, n'écoute aucun conseil, ne tient compte d'aucune considération et montre un degré extraordinaire d'indocilité. J'insiste sur les inconvénients graves de cette particularité qui se reproduit dans tous les cas de folie, mais qui, par sa nature, échappe et doit nécessairement échapper au public mal placé généralement pour faire ce genre d'observations. D'ailleurs, si la conduite de nos malades avait été acceptable, ils n'auraient pas été placés à Montdevergues.

Ces considérations me conduisent à examiner la nature des actes qui ont motivé la séquestration des aliénés admis à Montdevergues dans le courant de l'année dernière.

Le tableau ci-après a pour but de faire connaître le nombre et le caractère de ces actes :

(Suit le tableau)

ACTES DE FOLIE QUI ONT MOTIVÉ LA SÉQUESTRATION des aliénés admis en 1878.	HOMMES	FEMMES	DES DEUX SEXES
Tentatives d'homicide..............	9	9	18
Menaces d'homicide......	22	13	35
Tentatives de suicide..	12	27	39
Menaces de suicide..............	2	6	8
Actes de violence à main armée......	12	14	26
Menaces d'actes de violence à main armée..	21	8	29
Menaces d'actes de violence simples.	41	38	79
Outrages à la morale publique......	15	24	39
Vols.......................	2	»	2
Dégradation d'objets et de propriétés.	29	22	51
Attentats contre la santé (refus de nourriture, passions diverses)..........	2	5	7
Vagabondage.....................	5	»	5
Aliénés incendiaires..........	4	1	5
Aliénés turbulents.................	37	40	77
Aliénés adonnés aux boissons alcooliques.................	11	5	16
TOTAUX.......	224	212	436

Ce tableau est nécessairement très-incomplet, attendu qu'il comprend seulement les actes mentionnés dans les dossiers de nos malades. mais on peut, néanmoins, avec ces éléments insuffisants. se faire une idée assez exacte des inconvénients inhérents à la présence des aliénés dans la société. Dans le monde on s'imagine aisément et même on soutient que la facilité la plus regrettable préside à l'admission des aliénés dans les asiles. Le dernier tableau, ainsi que celui de la durée de la maladie au moment de l'entrée, sont assez significatifs et prouvent, au contraire, combien une pareille opinion est mal fondée. En effet, quand on examine à fond et un à un les dossiers de nos aliénés, on ne comprend pas que la séquestration de ces infortunés privés de leur raison n'ait pas été opérée plutôt, tant chaque fois la nécessité de protéger les intérêts des populations était devenue depuis longtemps évidente.

A la rigueur on aurait pu envoyer dans les hospices quelques-uns des vieillards et des idiots qui nous ont été confiés, car ils n'étaient pas dangereux ni susceptibles de recevoir un traitement spécial; mais dans ces cas il y avait sans doute, avec un radotage suffisant pour justifier la séquestration, une question de bienfaisance et surtout une difficulté de trouver ailleurs que dans un asile un milieu approprié à l'état mental de ces pauvres malheureux.

En récapitulant maintenant les considérations exposées jusqu'ici, je remarque surtout que l'aliéné ne diffère de l'homme en pleine possession de sa raison que par un seul ordre de faits, les faits afférents aux fonctions de relation. L'aliéné est devenu impropre à la vie sociale, ses rapports avec ses semblables ont changé de plus en plus avec les progrès de sa folie. Privé de son libre arbitre, de la conscience de son état, de l'esprit de famille, de la manifestation normale de ses sentiments affectifs, et, en un mot, de l'intégrité de toutes les autres facultés altruistes qui le rendaient éminemment sociable, il ne reconnaît plus les devoirs que la société nous impose. Celle-ci exige de chacun de nous un concours efficace réel, que l'aliéné néglige complètement ; bien plus, il est pour elle, à tous les points de vue, une charge lourde et pénible quand il ne lui est pas, en outre, violemment hostile.

Le caractère essentiel et constant de la folie, quelle que soit sa forme, son intensité, sa période, est donc d'enlever à l'homme la possibilité de répondre aux exigences de la vie publique. Par conséquent, les mots aliénation mentale, constituent une expression générique qui convient à toutes les maladies cérébrales lorsqu'elles se manifestent par un délire prolongé rendant ceux qu'elle frappe, impropres à la vie en commun. Je ne connais pas d'aliéné qui ne se trouve pas compris dans cette formule.

C'est ainsi, Monsieur le Préfet, que tous les aliénés, étant identiques au fond, peuvent être soumis à la même méthode de traitement qui a pour base et pour moyen principal la séquestration.

Mais si la maladie met l'aliéné hors de la société que deviennent les utopies de ces rêveurs plus bienveillants que compétents qui, dans ces derniers temps, ont critiqué si inconsidérément la bienfaisante loi de 1838 sur les aliénés ? Assurément, nos malades, malgré l'éloquence déployée par une philanthropie mal avisée pour nous les montrer avec une physionomie de fantaisie, ne peuvent pas et ne pourront jamais s'acquitter de leurs devoirs sociaux. Cette vérité est incontestable, et notre législation la reconnaît en lui consacrant dans le Code pénal l'article 64 qui dit : « Il n'y a ni crime, ni délit lorsque le prévenu était en état de démence au temps de l'action, ou lorsqu'il a été contraint par une force à laquelle il n'a pu résister. »

La législation a mieux fait encore: après avoir déclaré l'aliéné irresponsable, elle a créé pour lui des institutions destinées à remplir deux grandes indications, celle de préserver les populations des actes de folie qu'il pourrait commettre, et celle de lui venir en aide en le plaçant dans un milieu approprié à ses nouveaux besoins et aux exigences de son traitement curatif ou palliatif. Ce double but est obtenu au moyen de la séquestration. La séquestration des insensés est donc à la fois une question de police et une question de bienfaisance. C'est là sa raison d'être.

Comment répond-elle à cette double indication ? On comprend très-bien que la séquestration, l'isolement, l'internement (trois mots que je considère ici comme synonymes), empêchent l'aliéné de nuire à autrui, mais on saisit moins bien la portée de son action thérapeutique. Quoique l'influence de l'internement soit assez marquée pour qu'on ait pu dire avec raison qu'un asile est un instrument de guérison, il n'est pas moins vrai cependant que son influence est difficile à préciser et à décrire.

A mes yeux, un asile n'est qu'une société artificielle, restreinte, particulière, fonctionnant d'une manière spéciale et fournissant aux aliénés les conditions de milieu intellectuel, physique et moral qui conviennent le mieux à leurs besoins pathologiques. L'ordonnance de 1839, le règlement officiel du service intérieur des asiles et plusieurs circulaires qui complètent la loi de 1838 ont déterminé ces conditions de milieu, absolument comme les statuts d'une société quelconque posent les règles qui doivent assurer à celle-ci son existence et sa prospérité. Inspirée par la science, guidée par l'expérience, la législation est parvenue à organiser cette société et à donner aux infortunés qui la constituent une somme de bien-être qui augmente toujours.

Une personne que la folie vient de frapper ne perd presque jamais et tout d'un coup l'usage de l'ensemble de ses facultés. Les délires subits et complets sont très-rares : ordinairement le naufrage de l'intelligence se fait peu à peu, progressivement, successivement. Diminuer la rapidité de ces progrès et les arrêter quand la guérison n'est pas possible, tel est, Monsieur le Préfet, le but que les asiles s'efforcent d'atteindre.

Dans ces sociétés restreintes composées de personnes irresponsables, il y a pourtant une sorte de responsabilité partielle, particulière qui n'appartient qu'à l'aliéné : c'est une sorte de responsabilité à part, fondée sur la plus ou moins grande persistance du sentiment moral, du discernement du bien et du mal et dont les degrés et la nature sont laissés à l'appréciation du médecin pour qu'il puisse instituer sur cette base un traitement moral approprié à chaque malade individuellement. Plus l'aliéné est lucide et plus il est tenu de se rendre compte de ses actions, de se conformer au règlement, de se soumettre aux prescriptions médicales, etc. Entre l'oblitération complète des facultés de l'idiot ou du dément confirmé et les derniers vestiges de l'obscurcissement mental du convalescent, on trouve tous les degrés de conscience morale qui permettent souvent au médecin de diriger la conduite de ses malades.

Les mêmes réflexions sont applicables à leur liberté ; ils ne peuvent pas sortir de l'asile, mais dans l'intérieur, ils sont libres, ils travaillent, se déplacent et jouissent du degré d'indépendance que comporte la régularité de leur conduite. L'internement est pour beaucoup d'entre eux une mesure pénible. Celui-ci veut être libre pour réclamer les millions qu'il croit avoir çhez les banquiers; celui-là, poussé par la jalousie, tient à surveiller sa femme ; les uns effrayés par des voix imaginaires, veulent échapper aux prétendus complots qu'on trame contre leur existence ; les autres ne pensent qu'à parvenir, persuadés qu'ils sont nés pour remplir les plus hautes fonctions. Parmi eux, il en est beaucoup qui souffrent de la privation de la liberté ; aussi cherchent-ils souvent à s'évader, surtout quand ils ont un caractère actif, inquiet et entreprenant.

A Montdevergues, comme dans tous les asiles, la séquestration n'est pas complètement assurée, puisque nous avons des évasions de temps en temps. L'année dernière, nous en avons eu 5, mais les tentatives de ce genre n'ont pas manqué. D'ailleurs, un asile construit de manière à prévenir les évasions serait une fort mauvaise maison de santé, qui aurait l'aspect sombre d'une prison, et aggraverait la tristesse naturelle de ses habitants. La vie en commun, le travail en plein air, les jardins spacieux, entourés de murs bas qui permettent à la vue de s'étendre au loin et de jouir de riantes perspectives pouvant changer le cours des idées, sont tout autant de conditions indispensables au traitement des maladies mentales et qui ne doivent pas être sacrifiées aux exigences d'un internement trop absolu.

Les familles, en nous confiant leurs parents, sont généralement dominées par une crainte fort rationnelle en apparence et, dans tous les cas, fort louable. Elles s'imaginent que le malade, une fois enfermé, contrarié dans ses habitudes, éloigné de ceux qu'il aimait autrefois, va souffrir beaucoup de cet éloignement. Elles sont persuadées que, soigné par des personnes inconnues et placé avec des fous, il en sera péniblement impressionné et que, par suite, son état doit s'aggraver. Il n'en est rien cependant, l'aliéné, au contraire, éprouve toujours un mieux sensible pendant les premiers temps de son séjour dans l'asile, il se montre plus docile, plus raisonnable, et la vue de ses compagnons d'infortune n'a jamais pour lui le résultat fâcheux qu'elles craignaient.

Il ne faut pas oublier, en effet, qu'il n'a plus d'esprit de famille, qu'il ne sent plus comme il sentait autrefois, que ses sentiments affectifs (je l'ai déjà dit) sont altérés et que dans cette situation nouvelle, il doit être différemment affecté par les impressions externes. Aussi l'hésitation à l'éloigner promptement des siens serait-elle d'autant moins justifiée que l'expérience s'est formellement prononcée à cet égard. On sait, d'ailleurs, que les aliénés deviennent incurables et dangereux quand on les séquestre tardivement.

Pourquoi les aliénés se calment-ils dès leur entrée et pourquoi conservent-ils ensuite le calme qu'ils ont éprouvé au début de leur séjour dans l'établissement ? Ils se calment parce qu'ils sont à l'abri de toute cause de surexcitation et qu'ils y mènent une vie régulière. Là, les passions ne peuvent pas déployer leurs allures malsaines. Les préoccupations du lendemain. celles qui concernent la vie matérielle, les soucis des affaires n'existent pas non plus pour nos aliénés qui, naturellement indifférents et tout à leur délire, ne pensent qu'à leurs rêveries. D'un autre côté, rien ne vient les contrarier. A l'heure du dîner, tout le monde se rend paisiblement au réfectoire, le soir, on se couche, le matin, on se lève sans la moindre difficulté. Les natures récalcitrantes sont, en quelque sorte, entraînées comme les autres par le mouvement général et si, par exception, un malade se fait prier pour suivre les autres, les domestiques l'engagent à se conformer à la règle et arrivent au besoin en nombre suffisant pour lui enlever l'idée de résister, de se révolter et de se livrer à une lutte inégale sans succès possible. Au reste, la manière bienveillante et polie de parler aux malades ne contribue pas moins à vaincre leur obstination. On laisse aux agités la liberté de leurs mouvements pour qu'ils puissent dépenser leur activité anorma-

lement **exagérée**. Ceux qui peuvent s'occuper trouvent,
dans un travail manuel, le moyen de se distraire, d'utiliser
leurs forces musculaires, de se procurer un sommeil répa-
rateur, de régulariser leurs fonctions corporelles, de sou-
lager leur système nerveux et de laisser ainsi leur intelligence dans un état de repos relatif qui parvient, mieux que
les remèdes pharmaceutiques, à les calmer, à modifier
avantageusement leur situation morale.

Néanmoins, les aliénés, quoique plus calmes dans l'asile,
ne sont pas moins sous la domination des mobi es maladifs
qui avaient motivé leur séquestration. Le penchant au sui-
cide, les impulsions homicides, le désir d'incendier, en un
mot, le besoin de commettre de mauvaises actions existent toujours au fond de leur délire et sont souvent mis en
jeu par des excitants internes, tels que les hallucinations,
les conceptions insensées, etc.

Tant qu'un malade puise dans ses sensations extérieures
les inspirations qui guident sa conduite, il peut être agité
et avoir des allures peu rassurantes, mais il n'est pas dangereux réellement, car, dans l'asile, rien ne vient le contrarier au point de le rendre agressif. Mais nous n'avons aucun moyen de prévenir les écarts dictés par des hallucinations ou par des mouvements instinctifs. Dans ces deux circonstances, la cause de la surexcitation est interne et nécessairement l'asile n'a pas d'ordinaire le pouvoir de la
supprimer. Alors l'aliéné se porte brusquement, irrésisti-
blement à des actes de violence ; il peut aussi, ce qui est
beaucoup plus grave, méditer, préparer et accomplir froi-
dement les desseins les plus funestes.

Quand on tient compte de ces faits, quand on se rappelle
les chiffres que nous avons r levés concernant les nombreux
actes de folie commis par nos malades avant leur admission ; quand on sait que le caractère offensif d'un aliéné
augmente avec l'ancienneté du délire ; quand on remarque enfin, que les aliénés qui se sont livrés à des actes très-
graves ne guérissent presque jamais, on ne comprend
vraiment pas comment, avec une population renfermant
des éléments si mauvais, successivement accumulés, nous

n'ayons pas, à tout instant, des accidents et des malheurs à déplorer.

Je ne crois rien exagérer, Monsieur le Préfet, en attribuant une grande partie de ce bénéfice à la bonne organisation de Montdevergues, à la surveillance active et aux soins incessants que reçoivent nos malades. Pour se convaincre de l'exactitude de cette manière de voir, on n'aurait qu'à comparer le nombre si restreint de nos accidents avec le nombre des personnes capables de les faire naître. Quoi qu'il en soit, cette comparaison, à elle seule, suffirait pour faire voir combien sont grands et précieux les services rendus par les asiles aux aliénés et à la société. Ces services ont été méconnus parce que la nature de ces institutions a été généralement peu étudiée et fort mal appré-ciée. On a malheureusement assimilé l'internement dans une maison de santé à la réclusion dans une prison ; de là, une foule de conséquences aussi fausses que regrettables et qui ont fait souvent perdre de vue l'esprit essentiellement bienfaisant et charitable des asiles où la séquestration n'est pas un emprisonnement ni un moyen d'expiation, mais bien une méthode de traitement réclamée par la société et par la science autant que par l'intérêt réel de l'aliéné.

En résumé, Monsieur le Préfet la folie enlève ou altère les principes psychiques relatifs à la vie sociale de l'individu. Devenu aliéné, il exige pour le traitement palliatif et curatif de son délire des conditions spéciales de milieu qui lui créent une nouvelle vie sociale et qui ne peuvent se trouver réunies que dans un asile d'aliénés.

Sorties Décès. — En 1878, nous avons eu 101 sorties et 102 décès. Les sorties peuvent être classées de la manière suivante :

(Suit le tableau)

	Hommes	Femmes	Deux sexes
Sortis pour cause de guérison........	22	31	53
Id. d'amélioration ..	8	10	18
Id. de transfèrement.	7	4	11
Sortis pour autre cause......	10	12	22
Totaux........	47	57	104

La statistique des sorties peut être faite avec une sévérité
d'appréciation plus ou moins grande qui en modifie nota-
blement les résultats. Si l'état mental des malades au moment de quitter l'asile est favorablement interprété, sans
dépasser cependant les limites permises, on augmente le
chiffre des guérisons ; on le diminue, au contraire, au pro-
fit de la catégorie des améliorations, si cette interprétation
a été plus sévère. A Montdevergues, la dernière méthode
est préférée ; je ne compte comme guéris que les personnes parvenues à un rétablissement complet. Toutefois,
parmi les améliorés, il en est plusieurs (la moitié de cas
environ) qui parviennent à terminer leur guérison chez eux
par le seul fait de l'heureuse impulsion imprimée par le
traitement à la marche de la maladie. Il serait donc juste,
ce me semble, d'ajouter ces guérisons ultérieures aux pre-
mières, pour se faire une idée exacte des succès obtenus.
J'aurais alors 62 guérisons au lieu de 53, ce qui donnerait,
relativement aux admissions, une proportion de 25 guérisons sur cent entrées. Dans la statistique officielle publiée,
l'année dernière, par le Ministre de l'Intérieur, MM. les
Inspecteurs généraux des aliénés donnent le chiffre de
23 0/0 comme moyenne des guérisons constatées dans les
asiles français.

Le Midi de la France a eu une forte mortalité à enregistrer dans le courant de 1878. Montdevergues a subi la même loi, et nos décès qui sont ordinairement de 7 0/0 ont atteint la proportion de 9 0/0. Dans le rapport de MM. les Inspecteurs généraux, il est constaté que la mortalité générale des asiles publics est 11,58 0/0 relativement à la population moyenne. Je dois dire aussi que le nombre considérable de vieillards qui nous ont été envoyés a sensiblement contribué à grossir le chiffre de nos décès et à diminuer le chiffre proportionnel de nos guérisons. Néanmoins Montdevergues a, sur les autres asiles du même genre, un avantage réel représenté par sa faible mortalité, qui, à son tour, représente une supériorité correspondante sur la somme de bien-être que les aliénés y trouvent.

Avant de terminer ce rapport, qu'il me soit permis de rappeler que sur la demande de M. le Ministre de l'Intérieur, le Conseil général de Vaucluse, avec sa bienveillance habituelle, a bien voulu me faciliter les moyens de me rendre au congrès des médecins aliénistes qui a eu lieu à Paris au mois d'août. Je ne saurais témoigner trop de reconnaissance pour une libéralité qui m'a valu la satisfaction de visiter plusieurs asiles récemment construits aux environs de Paris, d'après les indications fournies par les derniers progrès de la science. Cette visite a été pour moi très-instructive, mais, tout en en conservant le meilleur souvenir, je ne puis m'empêcher de dire que Montdevergues, par sa tenue, par sa tranquillité, par ses conditions hygiéniques, par la bonne disposition de ses bâtiments, etc., n'est pas inférieur aux asiles de la Seine. Il est donc à la hauteur de sa réputation, et reste, pour me servir des expressions de MM. les Inspecteurs généraux dans le rapport déjà cité, « un de nos plus beaux et de nos meilleurs établissements. » Il a obtenu à l'Exposition un diplôme d'honneur.

Veuillez agréer, je vous prie, Monsieur le Préfet, l'expression de mon respectueux dévouement.

Le Médecin en chef,

CAMPAGNE.

282

www.ingramcontent.com/pod-product-compliance
Lightning Source LLC
Chambersburg PA
CBHW061622180626
46818CB00005B/2192